나에게 쓰는 편지

문방순 시집

시음사
시사랑음악사랑

시인의 말

어느새 살아온 날이 70년을 바라봅니다
계획도 준비도 없이 세월에 떠밀려
여기 서 있는 저를 보며
아무 생각이 없네요
시를 좋아해서
시를 쓰는 거라고
자신에게 설명해 보지만
참 웃습네요
혹자는 어이없다 웃기도 하겠지만
그래도
제가 쓴 이 어설픈 시를 기다리고 좋아해 주는
오래된 팬들도 있답니다
특별히 김진춘 목사님, 유사래 사모님 고맙습니다
그래서 용기 내어 봅니다
저 자신에게 쓰는 편지이기도 하니까요
이렇게 준비할 수 있도록 도와주신
문학나눔회 이사장님을 비롯한 모든 수고하신 분들께
감사드립니다
또한 응원해 준 가족들에게 고마움을 전하며
특별히 남편 정경식 님!
칠순 기념으로 준비해 보라고 도와준 이 시집을 선물
합니다

시인 **문방순**

* 목차

* 목차

QR코드 스마트폰으로 QR 코드를 스캔하면 시낭송을 감상할 수 있습니다

본문
시낭송
감상하기

 시집 본문 시낭송 모음

 제목 : 고향 하늘
시낭송 : 박영애

 제목 : 그리움의 길을 따라
시낭송 : 최명자

 제목 : 정류장
시낭송 : 최명자

 제목 : 길
시낭송 : 박영애

 제목 : 고운 빛으로 물들어
시낭송 : 박영애

 제목 : 눈길로 오시던 임
시낭송 : 최명자

 제목 : 부부
시낭송 : 박영애

 제목 : 겨울밤
시낭송 : 박영애

 제목 : 아버지의 기도
시낭송 : 박영애

 제목 : 나에게 쓰는 편지
시낭송 : 박영애

시인은 자연을 이야기하고
시낭송가는 자연을 품었다
글자는 날개를 달아 언어로 날고
소리는 자연에 눕는다

어른

세월이 흘러간다

끈적한 여운을 끌어안고
뒤척여 봐도
내 안에 어른은 없다

감정의 강에 떠내려가고 있다

죽는 날까지 스스로를 어이없어하며
누군가를 또 비난하며
늙은 아이로 사는

그런 나를
사랑할 용기라도 가져 보자

기도

들어주소서!
들어주소서!

눈도 감고 귀도 닫고
허공을 향해
수없이 쏟아내는
말 말.

말씀하소서!
말씀하소서!

가슴으로 찾아오는
음성을 찾아
깊은 고요 속으로
나를 보낸다.

무거운 세월

어느 날 문득
내 앞에 마주한 내가
왜 이리 버거운 건지

머리에 이고 있는 돌덩이처럼
내 몸에 내가 매달려
내려놓을 수가 없다

내가 나를
붙잡고 있는 건지

내가 나에게
매달려 있는 건지

고무신

예쁜 꽃 그려놓은
꽃고무신
엄마 따라 마실 가며
깡충깡충

흙먼지 덤으로 입은
검정 고무신
엄마 따라 김매러 가며
투덜투덜

구멍 난
헌 고무신
엿장수 가위소리에
덩실덩실

맛있는 엿
맛있는 추억이 그립다.

이름

문(文) 방(芳) 순(順)

나의 이름은
한자를 풀이하면
꽃순이다
촌스럽지만
나는
내 이름을 사랑한다

세상에 있는
모든 이름은
애써 풀이하지 않아도
꽃이다

그 자리
그 생김
그 향기
저마다 다 꽃이다

태어나고 자라고
또 사라져간다

나는
오늘도
내 이름을 사랑하며
나만의 꽃으로 피고 또 진다

고 독

직면한다
외로움이 아니다

내면으로 채워져 오는
성숙한 삶의 초상이다

한가롭다

아마도
농익은 세월의 열매
그것일 거다

요즘

요즘
나의 마음은
안식을 길러내고 있다

요즘
나의 눈빛은
소박한 사랑을 담아내고 있다

요즘
나의 손길은
나눔의 의미에 담금질한다

요즘
나의 삶의 자리는
비우므로 채워져 오는
고운 행복을 기다리고 있다

고향 하늘

떠나간 어머니의 뒷모습
긴 그림자로 남아 바람에 일렁이면
그리운 고향 하늘엔
슬픈 노을이 웃는 듯 울고 있다
언제나 먹먹한 가슴은
깨닫지 못한 시절에 멈춰 서 있고
울고 있는 고향 하늘 너머
눈물조차 사치스러워 숨죽여 울던 날들이
아주 오랜 기억 속에서
꿈틀대며 다가온다
떠나간 어머니의 그림자 위로
나의 그림자가 겹쳐 가고 있다
잃어버린 이름 앞에
오래된 상처를 도려내는
이 통곡의 의미는 무엇인가
바람 아래 머물고 싶은
노을의 울음이
흩어지는 구름 뒤로 떠나간다

제목 : 고향 하늘
시낭송 : 박영애
스마트폰으로 QR 코드를 스캔하면
시낭송을 감상할 수 있습니다

그리움의 길을 따라

문득 떠오르는 그리움의 색깔들로
나의 하루가 속절없이 붙잡히는 날에는
그 그리움의 길을 따라
시간 여행을 떠난다
그 길 어디쯤엔가는 사랑이라 이름하는 놈이
그림자로 남아 어슬렁대더니
징검다리 건너는 개울가에선
잃어버린 이름이 되어
아픈 상처로 남고
그 길의 끝엔 언제나
이별이란 녀석이 손을 흔든다
아리도록 아픈 시절을
견디어 낸 세월만큼이나
갈래갈래 흩어지는 그리움의 길
사랑도 이별도
슬픔도 기쁨도
그리움을 따라 떠나는 시간 속에
비워내는 여인의 향기로 남고 싶음은
아마도
안식의 날이 그리워서일까

 제목 : 그리움의 길을 따라
시낭송 : 최명자
스마트폰으로 QR 코드를 스캔하면
시낭송을 감상할 수 있습니다

정류장

기다림은 늘 초조함이다
버스가 오는 길을 향해
모두가 기린 목이 되어 간다

가까이 서 있어도
때때로 같은 차를 기다리면서도
서로 이방인이다

그곳엔 기다림의 발걸음 소리만큼
나그네들의 이야기들이 가득하다
그리고 아무 말 하지 않아도
무언의 약속들이 꿈틀거린다
내가 타야 할 버스가 먼저 오길.

삶은
잠시 머물고 가는 정류장
만원 버스에 서로 부대끼며
가끔은
편안한 자리의 행운도 누려 보지만
목적지에선
모두가 내려야 할 손님인 것을

세 월

사랑이 오던 길목
사랑이 가려나 보다
기다림보다
이별의 그림자가 정겨운 오늘

세월이 떠나간다
꿈도 따라 떠나간다
두고 온 발자국 위로
떨어지는 추억의 낙엽들

뒤돌아 갈 수 없어 서러워도
삶의 무게 내려놓을 수 있어

세월이 남겨준 진실 하나

다시 살아도
다시 살아도
오늘이 되어야만
지금을 살 수 있다는 것

고목

푸르른 날엔 늘 머물러 있을 줄 알았습니다
언젠가 다가올 죽음의 날은
그냥 언젠가로 남겨두고
영원히 살 것처럼
미움을 키우고 욕심을 키우고
그리움을 키웠습니다
당신에게도 푸르른 날이 있었겠지요
여린 잎 길러내려 비바람에 찢기우며
얼어붙은 땅에 뿌리내리는 사투를 하면서도
하늘을 향해 힘찬 기상을 했으련만
세월의 나이테는 텅 빈 가슴 되고
푸른 이끼 이불 삼아 누운 모습
어머니
내 어머니 같습니다
비우고 또 비워
흙과 하나 되는 인고의 시간은
살아온 날들 만큼이나 기나긴 여정
또 다른 생명을 잉태하는
자연의 섭리라 한들
당신이 비워내는 가슴에
조각조각 떨어져 간 살점들
뉘라서 고통을 알겠소만
부디
여름날 쉬어가던 나그네들이라도
당신의 푸르른 날을 추억하게 하소서.

촛불

너를 위해 나를 태우는
내면으로 흐르는 눈물이 넘쳐
방울방울 맺혀
얼어붙은 모습조차
아름다운 것인가
까맣게 타들어 가는 가슴은
누구를 위한 침묵인가
빛을 위하여 어둠이 되는
생명을 저당 잡힌
어쩔 수 없는 존재의 탄식
빛으로 남는 시간을 지체하려
바람이 멈춰주길 기도해 보는
어리석은 몸부림
나를 잃어감이
너를 위한 길이였기를

눈길에서

삶의 뒤안길로 찾아드는
노여움의 옷자락
욕심을 버리기엔
아직 먼 길을 돌아가는
무거운 발자국들
가슴을 치는
그리움도 노여움도
흐드러지게 쏟아내는 하얀 꽃잎 속으로
조용한 안식을 찾아 길을 떠난다
소리 없이 내려앉는
순백의 손님들
누추한 곳이라 돌아선 적 없는
세상 모두를 감싸 안는 넉넉함
따뜻한 햇살 찾아오면
아낌없이 녹아내리는 사랑이여!

목련

찬바람 속 마디마디
흰 눈으로
아픈 매듭을 풀어

연못을 떠나
나무에 피어

봄을 여는
조용한 길 안내자

하얀 신부로
사뿐히 찾아왔다
버선발로 길 떠나는
슬픈 여인

신비로운 거울

신비롭다
60년의 세월을 건너야
한번 볼 수 있는 거울
갑오년이
갑오년을 비추고 있다
두렵다
처음 마주하는 모습
내장 속 잡동사니
마음속 엉킨 실타래들 모두
스캔하고 있다
이제 시작이다
짓눌린 어깨
복잡한 얼굴
천 년을 향한 고단한 걸음
신비로운 거울이 말을 한다
"공수래공수거(空手來空手去)"

임이시여!

별 둘 나 둘
별 헤는 밤이 너무도 고운 임이시여!
두 볼에 피어나는
분홍빛 수줍음
나풀나풀 옥색 치마 위로
나비 되어 앉으시더이다
재잘재잘 어깨동무
소꿉놀이 속에
어진 어머니로 피어나던 임이시여!
통곡의 강을 건너
침묵의 바다로 떠밀려간
찢긴 살점들
어찌하여
구름 위 허공을 헤매이다
빗줄기로 내려앉으시나이까?
한 아름 들꽃으로
행복 나누러 달음질치던
아리따운 임이시여!
동구 밖 고향 언덕에
노란 민들레로 피어나
다시는 찢기는 아픔이 없는 곳으로
다시는 짓밟힘이 없는 곳으로
다시는 버려짐이 없는 곳으로
민들레 홀씨 되어
훨훨 훨훨 날아가소서!

* 일본군 "위안부"로 고통당하시다 돌아가신 할머니를 추모하며

가족

때론 애정이
애증으로 벽을 쌓고
때론 눈물이
위로의 단술이 된다

무엇이 되기를 바라는 욕심
겨울 해풍 같은 것
사랑은 제 살 깎는 몸짓으로
때때로 고통의 긴 터널을 만들어 버린다

그래도
돌아앉아 웃는 어리석음은
가족이란 이름
그들만의 특권이다.

꽃비 내리던 날

4월의 창가에 꽃비 내리던 날
반짝이던 눈동자
재잘거리던 목소리
아름다운 꽃잎들이 바람에 흩어지듯
꽃비 되어 사라져 갔습니다
슬프다는 말도 아닙니다
미안하다는 말도 아닙니다
사랑한다는 말은 더욱더 아닙니다
세상에 그 어떤 글자로
세상에 그 어떤 언어로
4월의 깊은 바다에 쏟아져 내린
여린 꽃잎들을 안을 수 있단 말입니까?
생명의 고귀함을 잃어버린 비정한 세상
더불어 사는 아름다움보다
너를 딛고서야 내가 산다는 것을
가르치려 애쓰는 어른들
너를 잃고서야
이 통한의 세월을 마련하는
우리들의 어리석음을 어찌하오리까

내 탓이요 내 탓이요 다 내 탓이요
삼베옷 입고 무릎 꿇어
석 달 열흘 석고대죄하면
하느님이 용서해 주시려나
이 백성의 어리석음을 긍휼히 여겨주시려나
흐르는 눈물조차 사치스러워
피멍 든 가슴으로
흩어져간 꽃잎들을 안아주면
저 통곡의 바다가 잔잔해지려나

* 세월호 사고로 떠난 이들을 추모하며

긍정과 부정 사이

긍정과 부정 사이
출렁이는 파도에
조각배 하나 띄워 놓은 사공은
어제와 내일 사이에
오늘을 잃어버리고 간다

아주 작은 씨앗 하나 심어놓고
기다림에 익숙한 농부는
비바람이 몰려와도
희망을 함께 심어가며
오늘을 산다

긍정의 나라에
집을 짓는 목수
햇살 가득한 창 넓은 집에
행복이란 커다란 대문을 달아놓고
긍정과 부정 사이 고민하는
무거운 짐 내려놓고
쉬어가라 손짓한다

하얀 노을

새벽을 여는 사람들
얼마나 많은 무게를 안고
자리에서 일어날까
태양이 떠오르면
볼 수 있는 만큼 세상이 내게로 오고
땀 흘리는 수고가 가슴으로 걸어오면
행복도 함께 걸어오길
하루를 모두 비우고 가는 빛
어둠 속에서도 빛으로 남아
지친 하루를 어루만지는 안식이 되리

아름다운 만남

함께 바라보는 미소

생각을 나누는
따뜻한 가슴

작은 꿈 길러내는
투박한 손

용기를 담아내는
담담한 걸음

잃어버린 이름을 찾아가는
삶의 자리

바람의 노래

그대 옷깃에
스치는 나의 몸부림
내가 그대를 사랑하는지
그대는 아시는지

따뜻한 봄날
달콤한 꽃향기로
그대의 품속에 안기면
그대는
나의 걸음을 알아줄까

여름날
그대의 이마에 흐르는
땀방울 닦아 주면
그대는 내게 미소 한번 지어주려나
홀로 있으면 흔적도 없는
나의 슬픈 노래여!

상실

잊혀져 간다
지워져 간다
떠나버린 널 불러보지만
흔들리는 가지에
바람 되어 흩어져 버리고
흘러가는 강물 따라
그림자도 없이 떠나 버린
잃어버린 이름
잃어버린 모습
나를 잃은 다음에야
널 만날 수 있을까.

커피

생각의 블랙홀을 지나
입안으로
가슴으로
몸으로 흘러든다
시린 외로움
뜨거운 열정
그 진한 색깔로
물들이고 간다.

인연

끝없는 삶의 고리

사다리를 타고
올라가 보자

허공을 향해 내딛는
위험한 삶의 초상

한 줌 바람의 안부에
날개를 펼쳐보자

봄

따뜻한 바람이 분다

얼어붙은 나를
이제는 놓아주어야 한다
나를 떠나보내야 한다

잊어야 할 것들에 묶인
해묵은 나를
이제는 풀어 주어야 한다

아지랑이 피어오를
그 굽은 길을 따라
다시 한번 내딛는 걸음

연분홍 꽃길에서
한 번쯤
생각 없는 나를 만나 보자

숙제

어디에 놓이든
그곳에
어울리는 사람이면 좋겠다
집에 있으면 집 냄새가 나고
거리에 서면
바람 냄새가 나는
들판에 서면
가을 허수아비로 남아
훠이훠이
참새라도 쫓는
그렇게 함께하며
그렇게 놀다 가자

묵은지

깊게 익은 맛 속에
깊게 익은 세월이 있다
본디 스스로
돌아갈 수 없음을 알았던들
묵은 세월을
거스를 수 없음이
보따리 풀어
새로운 맛 풀어내는
속 깊은 이야기로
살이 되고
약이 되어
그렇게 묵어감이
바램이 되어 감은
살아내어야 하는
애잔한 속내가
시큼한 땀 냄새로
겹겹이 쌓여
그저
몸으로 녹아내릴 뿐

앞서가는 산 그림자

가을은 왠지
저물어 가는 들녘에
앞서가는 산 그림자 같다
얼굴에 덮인
소금기 씻어내는 바람에게
애써 등을 내어 주어
그리움의 그림자로 남고 싶은
서늘함

아프게 물들여진 나뭇잎은
저만큼 앞서가는 산 그림자 따라
그렁그렁 맺히는 나목의 눈물을
고운 춤사위로 위로하며 떠나간다

길

산다는 건 통증을 견디는 일이다
어제와 똑같은 오늘을 산다는 것
앞서 살아간 이들의 발자국 따라
정해놓은 수순처럼 그들을 닮아가는
건조하게 파삭거리는 시간들이 아프다
삶이란 게
먹고사는 그저 아주 소소한 일일진대
거부할 수도 없는 생의 언저리에서
안개처럼 모호하게 남겨지는
내 흐린 발자국들도 아프다
그 많은 길들의 범람 속에서도
새로운 길 한번 열어보지 못하고
맹목적인 답습의 행렬 속에서
문득 뒤돌아 멈춰선 이 자리
수없이 명멸하며 상실되는 길들의 살비듬
눈시울 타고 넘는
이른 아침의 이슬처럼
하나둘 사라지는
그 길들은
이제 어디서 또 다른 어떤 길들과 내통하고 있을까

제목 : 길
시낭송 : 박영애
스마트폰으로 QR 코드를 스캔하면
시낭송을 감상할 수 있습니다

섬

세월이 쌓아 놓은 겹만큼
가슴에 만들어 놓은 섬

용서하지 못한
용서받지 못한

물가에 닿을 듯 닿을 듯
애만 태우고 있다

사랑한다는 이유로
묶어둔 인연
해묵은 터널에 갇혀
정화되지 못한 물줄기로
되돌아 나가고

안으로
안으로
잠식하는 섬

용서하고 용서받는 기적으로
닻을 풀어

감사의 바다로
항해를 하게 하자

어느 여인의 이야기

예쁜 소녀는
어느 날
거울 앞에 서 있는
백발의 낯선 여인과 마주하며
표정 없는 동상이 된다
소녀는 무엇이 되고 싶었을까
여인은 또
무엇을 하고 싶었을까
표정 없는 그 세월은
또 어디로 흘러갔을까
사연으로 탑을 쌓는
그 고단한 날들
걸어도 끝이 보이지 않고
살아도 살아지지 않아
가던 걸음 멈추어
지친 마음 흩어 버리고 싶은 여인
내가 사랑하는 그 여인

문

열리기만 하거나
닫히기만 하진 않는다
맘대로 드나드는 바람이
친구 같기도 하지만
그 또한 바람 마음이니
때때로
흔들어 대는 데는
당할 재간이 없다
들어오는 사람도
나가는 사람도
모두 그들 맘이다
성질대로 걷어차고 부수기도 하니
참 기가 찰 노릇이다
찬바람과 맞서며
온기를 지켜내고
시끄러운 세상에서
평안을 찾아주기도 하는데
그 귀함을 알기나 하는지
아무리 주인 맘이긴 하지만
제발 생각이란 걸 하며 여닫기를
열려야 할 때 열리고
닫혀야 할 때 닫힐 수 있게.

노부부

그래도
참 다행이다

이제라도 깨달았으니
이제라도 알아차렸으니

변덕스런 삶이
요동치던 물결이
고요해진다

가장 귀한 배움은
상처로 남는 세월이 키워내고
그 생채기가 아물 때쯤
하나씩 이별을 한다

그래도 다행이다

이제라도
그 어리석음을 알았으니

이제라도
그 측은함을 깨달았으니

임 마중

그대가 부르면 가야지
하던 일 내려놓고
임 맞으러 가야지
그대가 오신다면
걱정도 내려놓고
욕심도 내려놓고
맨발로 맞이해야지
채비도 필요 없소
고운 옷도 필요 없소
텅 빈 나를 맞아주는 그대
겹겹이 쌓아 놓은 무덤
훨훨 벗어버리고
또 다른 무덤을 찾아
임 마중 가야지

허수아비

가을장마에
그리움들이
들녘에 내려앉는다
세월 따라 유행을 갈아입고
아비의 이름으로 서 있는
외로운 초상
허허로운 손짓
비웃는 야속한 참새들
한철
목숨 다해 지켜내야 하는
양식의 터 위에
가을이 떠나가면
함께 떠나야 하는
외나무다리
두 팔 벌려
고단한 춤을 춘다

빈방

세월이
가득가득 채워 놓은 방
어느 날 돌아보니
바람만 휭휭
나들이하고 있네
한숨은
들숨 날숨 되어
메아리로 윙윙거리고
때 없이 흐르던 눈물샘은
모래알이 가득
뻐근한 통증은
서러움으로 남는다
큰 소리 내어
노래라도 한 곡조 부르고 싶다
잠겨버린 목소리는
녹슨 철길에 삐그덕거리는
협궤 열차 같다
오늘도
빈방엔 바람이 분다

콩밭

오래된 기억 속에
콩밭 매던 어멍
소나기 한차례 지나가도
돌담에 감추어 놓은
갈옷 갈아입고
해 질 녘까지 콩밭 매던 어멍
친구 집 텃밭에서
콩을 꺾다
잊었던 추억을 데려온 날
떨어지는 콩알마다
어멍 얼굴이 툭.툭
아린 아픔이 툭.툭.

* 어멍 : 제주어(제주방원) 어머니
* 갈옷 : 제주도에서 밭일 할 때 입는 감물 들인 옷

순천만에서

갈대의 숲으로 초대받은 여인
순천만의 품에
만삭의 몸을 풀어놓은 가을을 만나
바람에 너울거리는
백발의 사연을 들어 본다
나도 나도
백발이 되어가는 그 사연을 풀어놓고
갈대의 물결 위에 날갯짓하는 두루미에게
엄마의 안부를 묻고 싶다
백발이 되어 떠나간 엄마는
얼마나 많은 가을을
가슴에 품고 아파했는지.

떠나는 겨울

햇살에 졸고 있는 겨울이
한가로운 날
나도 한가로이 졸고 있다
해묵은 기지개를 켜보려
바람은 마른 낙엽을 쓸어 모으는 중이다
얼어붙었던 깊은 겨울엔
어디서 월동했는지
목련 가지에 앉은 새들이
봄맞이하는 봉우리와 입맞춤하다
그 또한 졸고 있다
세포들이 스멀스멀 나른나른
봄을 꿈꾸고 있다
해마다 겨울은 떠나는 인사를 하지만
다시 만날 수 없을 날을 위해
이별은 늘 예뻤으면 좋겠다

생일

누구나
첫울음으로 세상을 만나
누구나
살아 내야 하는 숙제를 하는
그 길
그 숙제가
얼마나 멀고도 어려운 것인지
가보지 않고는 알 수 없는 것
누구는 화려한 축하를 받고
누구는 울음조차 버겁게
세상을 만나는 날이지만
사는 동안
모두가 축복받는 날들로 걸어가길
작은 세포 하나의 기적이
또 다른
많은 기적을 낳는 걸음이 되길
또 다른 생명체가 아닌
한 줌 재가 되고 흙이 되는 날까지
누구에게나
축복의 촛불
감사의 촛불 하나 밝혀지길

괜찮아

캄캄한 모퉁이에 서서
갈 곳을 잃어버린 날
"괜찮아" 그 한마디에
희망의 빛이 새롭다

흩어진 온기를
붙잡으려 그리움의 파도로
이별을 흐느끼던 날도
"괜찮아" 그 한마디가
고운 이별을 낳는다

사랑이란 성에 갇혀
서로를 숨 막히게 저울질하던
서로를 묶어 놓은 어리석은 세월을 풀고
사랑한다는 말보다
"괜찮아"
그 따뜻한 온도에 젖는다

어머니의 쌈지

허리춤에 달고 다니던
어머니 쌈지
그 속에서 자라난 희망들이
어머니의 밭이 되고
자식들의 뼈가 되고 살이 되었다

손만 내밀면
요술 주머니가 되어
밥도 나오고
옷도 나오고
과자도 나오고

쌈지에 희망을 키우려고
어머닌
어두운 새벽부터
해 질 녘까지 평생
흙과 씨름하다
흙이 되셨다.

잊혀 가는 것들

익어가는 것은 잊혀 가는 것
살아온 날들의 기억들
잊히는 것들이
하나둘 자라고 있다
살아온 날도
키가 자란 날도
마음이 자란 날도
모두가 잊혀 간다
망각의 강을 건너
환각의 강으로 떠내려가기 전에
삶을 마감해야 한다
어느새
그 거리에 서성이고 있는
나를 보며
서러워해야 할지
고마워해야 할지
가보지 않은 길들을
오늘도 나는 걷고 있다
하나둘 잊혀가는
기억들을 애써 달래보며.

어느 날 문득

어느 날 문득
내가 누구인지 궁금해진다
나의 색깔이 나의 성격이
나의 삶의 척도가
다 의심스러워진다
내가 나를 바라봄도
남이 나를 평가함도

어느 날 나는
공중에 떠 있는 바람 같다
내가 나를 다스릴 수 없다
허허벌판에 허우적대며
소용돌이치는 바람
갯바위에 부딪혀
흩어지는 파도라도 되어 볼까
내가 나를 어쩌지 못하는
그 황망함이 아프다

죽고 사는 경계를 넘어야만 알게 될까
내가 누구인지
어느 날 문득 떠오르는
이 원초적인 생각들은
출구를 잃어버렸다.

바람의 안부

어느 동네를 지나
어느 마을을 건너
바람은 온몸을 던져 안부를 전한다
세월을 가득 넣어 지어 놓은 밥만 먹어 치우느라
몸부림치는 바람의 안부를 알아들을 사람 없다
배부른 넋두리는 허기진 사정들을 외면하고
얼마나 간절한 안부인지
얼마나 애틋한 안부인지
바람의 소리에 귀가 열리지 않는다
견딜 수 없는 고통이 찾아와 죽음의 문턱에 서면
그때야 들을 수 있으려나
그때야 알아차릴 수 있을까
바람이 전하는 안부를

고운 빛으로 물들어

꽃잎은 향기에 물들고
바람은 구름에 물들고
사람은
거부할 수 없는 시간에 물들어
가끔은
쓸쓸한 내면의 흔들림을 바라보며
남겨진 흔적들에
물들어 흘러간다
가다가 그 어디쯤
고맙게도 깨달음의 시선이 다가와 주면
힘든 여정의 지친 그림자도
보랏빛 향기로 물들어 가리니
그윽한 향기가 아니더라도
화려한 모습이 아니면 또 어떠랴
고운 빛으로 물들어 가는
귀한 또 하나의 우리가 되어
나는 너에게
너는 나에게
조금씩 또 조금씩
한 걸음 또 한 걸음
서로의 길이 되어가는
그렇게 고마운 사람으로
물들어 가자

제목 : 고운 빛으로 물들어
시낭송 : 박영애
스마트폰으로 QR 코드를 스캔하면
시낭송을 감상할 수 있습니다

* 아들의 결혼식 축사 중에서

이 비가 그치면

그대 오시겠지
파릇파릇
고운 손 흔들며

이 비가 그치면
꽁꽁 얼어붙었던
마음 활짝 열고
진한 향기로
그대 오시겠지

이 비가 그치면
또 하나의 시절을 키워낼
깊은 울림과
땅속 먼 길에서
영혼을 길어 올릴
그대가 오시겠지

이 비가 그치고 나면
그대를 만나
생명이 꿈틀거리는
희망을 노래하리
잠자던 사랑과 입맞춤하리

이 비가 그치고 나면
그대와 함께
춤을 추리라
봄의 왈츠를

시절

가슴 한쪽이 뻐근한
이유 없는 통증이 시작이다
계절 통인가 시절 통인가
나이 따라 변해가는 세포의 움직임도
가슴으로 느껴지는 감정의 척도도
내가 나를 끌어안고 버둥거리고 있다
계절마다 느껴져 오는
또 다른 마디마디
흘려보냄도 담아냄도
알 수 없는 색채로 말을 하고 있다
지나온 시절만큼
딱 그만큼만 아는 게 답이다
그 무엇도 시절과 때의 흐름을
거부할 수 없는 노릇이다
봄이 온다는 것은
겨울은 떠나야 한다는 것
새로운 세대가 온다는 것은
기성세대는 떠나가야 한다는 것을
모를 리 없지만
모른 체 해야 한다는 것
시절은
그렇게 서로를 외면하며
쓸쓸한 그림자로 떠나가나 보다

겨울바람

하늘이 슬퍼지는 계절
바다를 건너온 바람이
윙윙 슬피 울면
창문 틈에 낀
외로운 하늘과 눈이 마주쳐
이불을 뒤집어썼다
어머니의 발소리만 기다렸던 시절
겨울바람은 무서움이었다
어머니의 그림자 뒤를
걸어가는 길목에서
들려오는 겨울바람 소리
모두가 떠나가고 쓸쓸함만 남아
무서움보다
애달픈 울음으로 다가온다
엄마만 있으면 무서울 게 없었지
엄마만 있으면
아무 걱정이 없었지
나도
내 아들딸에게
그런 엄마가 되고 있을까
아직도 내겐
엄마가 필요한데
겨울바람 소리가
엄마의 울음소리처럼
가슴으로 들어온다

끝

언제나 서툰 인정 놀음에
멍든 끝이 서럽다
깨닫지 못한 함정에 빠져
허우적대는 몰골이
측은해진다

가엾은 본질은 외면당하고
돌아서서 후회해야 하는
끝맺음은
너무 아프다

인제 그만 인정 놀음은
접어놓고
나를 살피는 애정을 가져보자
기본에 충실하는 거다

끝을 향한 외로운 항해를
시작하는 거다
내면 깊은 바다를 향해
돛을 달고 떠나보자

그해 여름

가물거리는 기억 저편에
떠오르는 이름
에베레스트호
그건
정확한 기억일지 모른다
그해 여름
생애 최초
육지를 향한 항해
가마니가 깔린 선박 바닥에 누워
바다를 건넜다
대전까지 상륙한
소녀
교복 차림이 우습다
어느
화려한 집회를 거쳐
돌아오는 길목에
막아섰던 남학생
그해 여름
육지로 상륙을 한 이유가
거기 있었던 걸까
머리에
서리가 하얗게 내린 남자
이제
내 등 뒤에 서 있다

우리 어멍

내 나이 서른에 길 떠난
우리 어멍
가슴 깊은 데서 스멀거리는 묵은 체증
꼬깃꼬깃 접어둔 지폐처럼
나의 후각과 청각과 미각까지 혼미해 오면
문 앞에 앉아
잘 가라 손 흔들던 우리 어멍
흑백사진 속으로 나를 데리고 간다
"살아있을 때 봤으니 다시 오지 말라"며
떠나는 길 재촉하며
애써 웃던 깊은 주름의 흔적
다음 날 그 먼 길을 떠나가신 우리 어멍
당신은
딸의 배웅을 그렇게도 거부하고 싶으셨을까
가슴 시리게 아픈 막내딸
오래도록 아파할까 봐
마지막 이별을 애써 외면하신 너무 아픈 눈물
이제
당신이 살아냈던
그만큼이 세월을 살아도
당신의 세월을 그 고독을 가늠할 수가 없다
나를 사랑하고
내가 너무 사랑했던 우리 어멍
당신이 보고 싶어
그 깊은 그리움에
눈을 감습니다

* 어멍 : '엄마'의 제주어

덤

살다 보니
한가롭게
부부가 함께 떠난 여행
밤이면
살아온 날들을 돌아보며
이야기보따리를 풀어본다
살다 보니
이렇게 한가로운 날도
살다 보니
이렇게 평안한 시절도 만나고
남은 날은 모르지만
그리 긴 세월이 아님을 알기에
어쩌면 지금
덤으로 사는 날들일지도 모른다며
"덤으로 살아가는 인생의 맛이 이렇게 쏠쏠한지 몰랐네"
남편의 말에
한참을 웃다 보니 눈물이 난다
그 깊이가 어느 만큼인지
헤아림이 어렵다

시의 얼굴

내가 쓰는 시의 얼굴은
어떤 모습일까
그저 촌스러운
아마도 그런 것일 거다
언제든지 내다 버려도
아무 부담도
아무 죄책감도 없을 모습
그래도 좋다
아주 밋밋한 이야기라도
누군가에게
살아가는 냄새가 느껴진다면
누군가에게
살아가는 이야기가 된다면
나는
계속 시를 쓰고 싶다
어떤 이들에게 웃음거리가 되는
못난이여도
어떤 이들에게 버려질 이름이면
또 어떠랴
그저
수줍게 웃는 얼굴이면 좋겠다

첫 만남 그리고 두 번째 만남

새 생명을
처음 가슴에 안을 때
전율이 온몸을 타고
가슴은
두근두근 뛰기 시작했지
기쁨과 설렘 속에
두렵고 떨림이 가득하고
벅차오르는 감동을
감사의 인사로 잠재우며
우리 처음 만나는 날
따뜻한 봄이
향기를 가득 안고 찾아와
세상에서 가장 큰 우주가 됐지
그리고
두 번째 만남을 허락한 날
집안 가득 채워지는 은총이
한여름 더위도 잊게 했었지
함께여서 좋은
같이여서 좋은
그 기쁨을
어떻게 잘 나눠야 하나
가슴으로 낳은 생명들
내게 가장 큰 선물
내게 가장 큰 기쁨
내가 살아가야 할 이유가 됐지

두 얼굴

가끔 나는
행운을 바라고 있다
욕심을 버린 듯
행운을 기다린다
두 얼굴의 마음이
나를 속이려 든다
모두 초월한 척 의연한 모습
그건 바라는 희망 사항인 거다
행복의 울타리에
행운을 더하고 싶은 마음이 차올라
깊은 동굴에 갇혀 버리면
나는
출구를 찾을 수 없어
부끄러운
작대기를 휘젓는다

휴연정(休然停)

바람이여
구름이여
잠시 쉬었다 가세

고운 햇살
한가롭게 마실 나오면
산마루도 함께 내려와
실개천에 얼굴을 씻고
바람과 구름과
함께 물장구를 치고

밤하늘 고운 달빛
마중 나온 별들
끝없는 수다로 노래 부르면
밤이슬이 고운 눈물 되어
풀잎에 내린다

바람이여
구름이여
그리고
그대여
함께 쉬었다 가게나

잃어버린 성탄절

세월과 함께
빛바래지는 절기
변한 건
사람인가 세상인가

기다리던 성탄절
거리마다
울려 퍼지던 캐럴
반짝이는 불빛
모두
어디로 숨어 버렸나

이제는
평범한 일상이 되어 버린
쓸쓸한 날
약속한 것처럼
고요해진 날

우리의 마음에 울림도
밝은 촛불도
모두 어디론가 떠나 버렸네
다시 돌아보리라
다시 찾아보리라
성탄의 기쁨
성탄의 감사

낮달

어쩌다 마주친 눈길에
하얀 낮달이 슬프게 웃는다

어둠 속에서 빛으로 대접받던 일상이
아무 의미 없이
창백한 얼굴 쓸어안고
구름 따라 바람 따라
서산을 넘어간다

희뿌연 추억
아련한 그리움 안고
나의 삶의 한가운데
자리 잡은 낮달
빛을 잃었다 하여
달이 아니었던가?

그렇게
희미하게 멀어져 가네
그림자도 없이

친구

내 안에 무엇이 나를
이 길목에 세워놓은 걸까
깊고 맑은 물 길어 올릴
신선함이 부족한데도
언제나 외롭게 서 있는
나무가 아니면 좋겠다

텅 빈 가슴엔
바람만 흐느낀다
그리움도 나그네 되어
삶의 거리를 헤매고
살아온 날들은
계산서를 내밀 듯
온정의 눈길을 외면하려 한다

여섯 평

넓은 공간을 떠나 찾아간
여섯 평 농막
수없이 꿈꾸던 작은 쉼터
오랫동안 그립던
그리운 임

그 소박한 품에 안기면
온몸에 새싹이 돋아나
싱그러운 풀 향기가 날 것 같다

흙냄새에 취하고
산기슭 바람에 취해
날마다
헤매는 꿈길이어도 좋다
여섯 평이 주는 행복
그건
자연을 끌어안을 수 있는
힘이 샘솟는 곳

길 넓고 안락한 보금자리를 두고
좁은 여섯 평 농막에 취해
자연의 품으로 돌아가
남은 날 동안
내가 쉬어갈 곳

눈길로 오시던 임

지난밤
눈길로 오시던 임
어디로 가셨나요
발자국 하나 없이
오던 길로 돌아서서 가시었나
그리워 보고 싶어 흘린 눈물
처마 밑에 달아두셨네요
발자국 하나 남기지 않아도
얼어붙은 눈물 보며
그대 다녀가신 줄 알았습니다
녹아내리는 눈물 보며
그대의 그리움 보았습니다
그대의 서러움도 보았습니다
밤새 내리는 이 눈길 따라
걷고 또 걸어도
자꾸만 지워지는
발자국이 서러워도
꾹꾹 눌러 담은 그리움 전하려
눈길로 오셨을 임
그대 다녀가심을
기억하겠습니다

제목 : 눈길로 오시던 임
시낭송 : 최명자
스마트폰으로 QR 코드를 스캔하면
시낭송을 감상할 수 있습니다

선물

노년의 여인은
꿈을 꾸었네
파란 하늘에 구름이 떠가고
졸졸 시냇물 소리에
발을 담그면
조약돌들이 재잘대고
넉넉한 느티나무는
매미들의 합창을 지휘해주고
새들이 아침 인사 나누면
햇살이 바람과 함께
창가에서 춤을 추는 곳
그곳에 가고 싶다
그곳에 살고 싶다
꿈이 내게로 걸어왔네

가출

내가 나에게서 도망을 친다
애써 지어 놓은 집을 외면하고
깊이 묻어둔 일기장을 꺼내 들고
어디로 갈까
무작정 길을 나선다

목적지도 없이
떠나는 것만이
삶의 이유일 것 같은 순간
목 줄기가 뜨거워진다

허둥대며 보따리를 싼다
습관처럼 온갖 것 끌어 담고
도망쳐 온 그 자리에
똑같은 내가 있다

집을 떠나와도
나에게서 도망쳐 봐도
끌어안은 보따리 속에
내가 있다
일기장이라도
새로 사 볼까?

어디로 가나

갈 곳이 없는데
떠나야 하네
진심을 다한 사랑이 무엇인지
깨닫지도 못한 채
이별해야 하네
남겨진 이들의 아픔이
먼저 다가옴은
그 삶을 살아냈던 기억이
있음이겠지
이생을 마치고 떠나야 한다는
그 불변의 진실을
외면하는 어리석음
떠나가는 곳이 어딘지
아무도 다녀온 이가 없네
한 줌 흙으로
한 줌의 재로 남는 게
진실인 것을
그것밖에 아는 게 없는 것을

서툰 사랑

내가 나를 사랑함이
어떤 것인지
사랑이란 흔한 언어의 물결 속에
떠밀려 흘러간다

서투른 사랑은 가시가 되어
제 몸 찌르는 통증을
사랑이라 이름 지으며
너를 끌어안는다

그럴 리야 없겠지만
아니 그러면 안 되겠지만
그 가시가 자라고 자라
나도 찌르고
너도 찌르면 어쩌랴
나를 사랑하는 법을
가르치는 곳은 어디에 있나
"사랑하라 사랑하라"는 외침 속에
무언의 약속이
강요당하고 있을지 모른다

내 마음도 비우고
그대의 마음도 비워내는
그 공부를 열심히 해볼까
그러면 나를 사랑하는 법을
혹시라도 깨닫지 않을까
너를 사랑하는 법도
알게 되지 않을까
그러면
감사하게도
"내 이웃을
내 몸같이 사랑하라"는
말씀까지 깨닫게 될지도 몰라

부부

참 어렵다
만남의 사연
살아가는 깊이
살아내는 넓이
쓸쓸한 나를 떠나 보려
함께 열어 놓은 세상

길이 없는 곳에 이정표를 세우고
걸어가는 만큼 살아내고
어리석은 수고가
때론 희망이 되고
때론 절망의 늪에 빠져
만남의 기적을 원망한다

앞서 살아낸 이들이 보여준 현실은
꿈속에 묻혀두고
새로운 세계가 행복을 주리라는 믿음이
허무하게 무너지는 날
그 세계의 깊이도 넓이도 알 수가 없다

그래도
누군가 먼저 떠나는 날
고맙다는 인사는 할 수 있길
바램으로 남겨두자

제목 : 부부
시낭송 : 박영애
스마트폰으로 QR 코드를 스캔하면
시낭송을 감상할 수 있습니다

탓

내 눈이 맑지 못해
그대의 눈 속에 맺힌 눈물
보이지 않아
구름에 머물고 있는 비를
탓하며 하루를 살았습니다

내 가슴에
닫혀 있는 문이 열리지 않아
그대의 삶을 흔드는 바람을
느낄 수 없어
창밖에 흔들리는 나무를
비난하며 내 삶을 버티려 합니다

오르고 싶은 산은
높이만 탓하며
탓으로 쌓은 탑에
돌담 하나씩 덜어내려 애써보지만

오늘도
허공에 매달려
허우적거릴 뿐입니다

몸의 소리

언제부터였을까
몸이 소리를 내기 시작한다
늘 그랬다
닫힌 귀가
무심함을 데리고 다녔다
무심함이 귀를 막고 있었다
이곳저곳에서
아우성치는 소리가 넘쳐나고 있다

홀연히

가을이 떠난 자리
쓸쓸한 바람이 외롭다
그 바람 따라
홀연히 떠난 고향 친구
바쁘게 열심히 살아온 날
뒤로하고
어찌 그리 서둘러 가시나
이 사람아
작별 인사도 없이
퇴근길
자전거를 타고 가는
풍경 하나 남겨두고
초겨울의
여린 저녁노을 따라
다시 못 올 길로
그리 서둘러 가야만 했나
홀연히 다가올
죽음의 그림자가
가까이에 느껴지는 오늘이네
잘 가게 친구
남은 자의 슬픔보다
홀연히
떠나야 하는 깨달음을
준비하며 살아보겠네!

가을여행

새벽을 기대고
느린 걸음으로 길을 떠나 본다
애써
아직 겨울은 멀었다고
다독여 보며
쓸쓸한 플랫폼에 섰다

오랜 친구를 만나러
떠나는 여행
추억은 흘러간 시간만큼 지워져 가고
또 하나의 기억이 흘러
추억이 될 때쯤

우린 어디에 서 있을지
계절의 향기를
생각의 뜰에 채워 본다

가을을 거둬들인 들녘엔
아직 남아 있는 양식들이
숨고르기를 하고 있다

여수의 가을

여수의 가을은
오래 참았던 눈물 같다
한두 방울 떨어지는 빗방울이
기다림의 세월을 감추고
케이블카에 실어
바다를 건너간다

오동도의 동백은
겨울이 오면
볼 빨간 수줍음으로
임 마중하러
가지마다 봉우리들이
두 손 모아 기도를 하고 있다

여수의 가을밤은
돌산의 흙집으로 초대하고
투박한 겉차림 속에
단아한 여인의 손길과
구들장의 뜨거운 정성으로
고단한 여정을 녹아내리게 한다

나그네들의 걸음들을
해맑은 눈빛으로 품어준
쌍둥이네 흙집
추억이란 언어 속에
오래도록
살아 숨 쉴 것이다

그리하십시요

주님!
길을 가다 하늘을 보면
내가 서 있는 자리가 어디인지
문득 환상에 젖습니다
주님의 말씀
주님의 음성
구름에 실어
바람에 실어
보일 듯
보일 듯 아득합니다
무엇을 하든지
주님의 손길로 어루만지는
주님의 가슴으로
따뜻한 온기를 보내주소서
주님!
오늘도 그리하십시오
주님이 걸어가는 발걸음 속에
저의 발걸음을 만들어 가게 하소서
어둠의 벽이 다가와
삶의 온기가 메마를 때도
함께해 주시는 품 안에서
따뜻한 강물이 되어
흘러가도록
주님

그리하여 주소서!

고사리

새벽닭 울음소리에
점심 *동그량 하나 바구니에 짊어지고
*올레마다 불을 켠 여인네들
어린 딸까지 길을 나선다
오름을 향해
수다도 한 바구니 앞서간다
온종일 꺾어 놓은 고사리
그 무게에 눌려
집으로 오는 길은 멀고도 서럽다
그 길 어디쯤
마중 나온 가족을 만나면
설렘으로 어깨가 들썩인다
멍석 가득 말라가는 고사리
소중한 용돈이 되어 춤을 춘다
내 어릴 적 제주도 고사리

* 동그량 : 대나무로 엮어 만든 제주도 특유의 도시락통
* 올래 : 집으로 들어오는 좁은 골목

기차를 타고

마음은 언제나
철없던 시절에 머물고
세월은 언제나 기차를 타고 간다
느림을 좋아하는 흐릿한 성질 탓에
완행열차에 몸을 싣고
여행을 즐긴다
아마도
나의 세월은 느린 기차를 타고
천천히 갈 듯하다
생각만 해도 웃음이 난다
그래
삶이란 그런 거지
이렇게 어이없는 착각을 하며
웃는 거지
세상에서 가장 느린 기차를 타고
산도 보고
들도 보고
하늘도 보고
역마다 내리는 사람
보내드리고
역마다
새로운 손님 다시 맞으며
나의 세월을 사랑해 보자

슬픔이 넘쳐

절기를 피해 갈 수 없음을
살아온 계절만큼이나 알았을 터이다
비가 내리고
바람이 불고
뜨거운 태양이 또 폭염을 부르고
그리고
겨울은 꽁꽁 언 눈길에
미끄럼을 타겠지
사계절을 만나 행복한 이 땅은
그만큼의 변화의 시련도 만나야 한다는 걸
해마다 절기마다
망각의 강을 건너고 있다
슬픔이 넘쳐
생의 한복판을 끌어안고
바다로 바다로
달음질치는 빗물
그 시작도 끝도 막을 길이 없다
돌아올 수 없는 강을 건너가는
아픈 현실을
해마다 또 바라보는 길들여진 어리석음
오늘도
빗물에 녹아내린 아픔은
언제나 넘쳐흘러
바다로 바다로 흘러가고 있다

열심히

분주한 날들을 보내고 나면
가끔 허탈한 가슴을 본다
무엇을 위해 열심히 살았나
마땅한 이유가 있고
해야 할 사정이 있었겠지
그 마땅함이란 누가 정한 걸까
그 해야 할 사정이란 게
누구를 위한 것이었나
때때로 관계에 매여
때때로 욕심을 숨겨 놓고
또 가끔은 관습과 습관에 젖어
맴맴 하는 여름날 매미처럼
내 텅 빈 허물을
그리워하고 있는 건가?
그렇다고 한들
누가 탓할 수 있으랴
목숨 값하는 것이 삶의 목적인가
행복한 것이 사는 목적인가
사람들이 만들어 놓은
시간이란 틀 세월이란 틀
그날들의 연결고리 속에
어느 날 늙어감이 좋아지고
지금이 아니면 알 수 없는
돌아봄의 길
오늘도 그렇게
열심히 살고 있는 거다
열심히 늙어 가는 거다

마음 살피기

눈을 뜨면
온통 보이는 건
밖으로 밖으로 달려가고
귀에 들려오는 소리는
온종일 머릿속을 흔드는 소리
눈을 감고
내 안으로 들어가 보자
살아 있다는 경이로운 세계로
심장이 움직인다
콩닥콩닥
손목에서 뛰는 맥박
들숨 날숨에
움직이는 뱃살
가끔
내 생각 속으로 여행을 떠나 보자

그리운 사람 고마운 사람

그리움이 넘쳐
세월의 강을 이루면
그리운 사람이
고마운 사람이 될까

나는
누구에게 그리운 사람이 될까

나는 누구에게
고마운 사람이 되어 질까

세월을 따라가는 건지
세월이 나를 데리고 가는 건지
그조차 알 수 없는 나

무엇을 품고 살아가야
그리움이 고마움이 되고
고마움이
믿음이 될까?

망각의 늪

저장 공간이 부족한 것이다
세월이 만들어 준
고마운 세계일 것이다
괴로운 일들이 잊혀지고
살아온 날도 잊혀져간다
지나온 길
다시 돌아갈 수 없는데
애써 기억하려는 게 잘못이다
잊혀져 가는 그 시간 속으로
나의 세월도 묻힌다
그 늪에
빠져들지 않으려 허둥대지만
부초 같은 서러움만 떠다닐 뿐
깊은 수렁으로 빠져드는
가속력에 안개가 자욱하다

그래 그럴 거야

희뿌연 추억 안개가
흐려진 시력만큼이나
시큼한 거리
그때는 알았을까
살아보지도 않고
살아내지도 못한
"그래 그럴 거야"

거기 머물러
달려오는 삶이나
흘러가는 삶이나
무기력해지는 기억들처럼
흩어지는 기억들처럼
"그래 그럴 거야"

그 막연함
그 애매함
그 책임 없는 대답이
나를 싣고
목적 없는 항해는
오늘도 계속된다

겨울밤

꽁꽁 얼어있는 손발을 녹여주던
엄마의 품속
이 겨울엔
유난히도 그립습니다

그 엄마의 자리가
서툴러서일까
늘 자신이 없습니다
아직도
엄마의 품이 그리워 눈물이 납니다

아직도
난 엄마보다
그냥 딸이 되고 싶습니다
울 엄마도 그랬을까?
엄마보다
그냥
딸이 되고 싶었을까?

잠 못 드는 밤이
늘어 가고 있습니다
겨울은 깊어가고
겨울밤은 더 깊어지고
그리움은 그 깊이를
헤아릴 수 없어
눈물이 됩니다.

제목 : 겨울밤
시낭송 : 박영애
스마트폰으로 QR 코드를 스캔하면
시낭송을 감상할 수 있습니다

91

아름다움

아름답게 피어나는
꽃들에게 물어보자
아름다움을 위해 피어나는지

길 가다 생각 없이
꺾어 든 꽃은
무어라 말할까

달콤한 향기는
아픔을 길러내는
둥지일지도 몰라

정말 그랬으면 좋겠습니다

사는 게
견디어 내는 것이
아니었으면 좋겠습니다

사랑하는 게
집착이 아니었으면 좋겠습니다

용서하는 건
참는 것이 아니라
잊어버리는 것이라고
말해주면 좋겠습니다

삶은
어느 먼 창조의 손끝
생명으로 시작되는 기적이라고
말해주면 좋겠습니다

당신은
나에게 소중한 사람이라 말해주면
참 좋겠습니다
정말 그랬으면 좋겠습니다

마지막 이별

누군가는
오랫동안 떠날 차비를
하느라 힘들고

누군가는
인사도 없이 떠나가 버려서
힘들고

내가 나를 떠나는 일이
서럽도록 버거운 일인 것을

여행을 떠나듯
즐거운 마음으로
한 벌 옷이라도
잘 챙겨 떠나자

마지막 인사도 없이
떠나야 할지도 모르니
언제 떠나도 좋은
고운 인사를 나눠 두자

서성이는 하루

어디로 와서
어디로 가는지
그 물음의 답을 찾아 멈추어 서면
불어오는 바람도 고맙고
흘러가는 구름도 아름답습니다
살아온 날들 돌아보면
주님이 함께 걸어 주셨고
주님이 업고 걸어오셨는데
스스로를 묶어 둔 삶의 모서리는
아직도
서성이는 그림자로 흔들리고 있습니다
살아온 날들이 흘러 흘러
지금 여기를 보게 하고
또 흘러가는 날들은
그리 멀지 않은 날에 멈추어 설 텐데
그 오늘을 다듬지 못하고
서성거림이 슬퍼집니다

관계

그대가 나에게
내가 그대에게
아무려면 어떠랴
세상에 수많은 관계는 널려 있고
고급지고
쓸만한 게 있으면 좋겠다
깊은 물 길어 올리듯
깊은 성찰이 필요한
맛과 향이 다른 만남
서투른 삶을 엮다가 부스러뜨리고
때늦은 알량한 이성은
언제나 고독과 사투 중이다

착각

같은 소리를 듣자
같은 곳을 바라보자
내가 아닌
너에게 원했던 어리석음

진혼곡 같은
뒤틀린 배앓이로
산고를 치러도
세상에 혼자 왔다
또 혼자 떠나는 진실

늪에 빠져 허우적거리고
죽음의 문턱에서라도
씻어낼 수 있을까
나만 바라봐 달라는
애원을

기적

한 번도
마주친 적 없는 얼굴이
한 번도 들어보지
못했던 이름이
오늘
가족으로 걸어온
고운 아가!

아무래도
이런 걸 기적이라 할 거야

새롭게 태어나는
생명!
하늘을 우러러
목청껏 소리 내어
탄생의 소식을 전하렴

아가야!
힘겹게 첫발을 내딛는 오늘
그 탄생이 울음처럼
잊지 말아라
이 순간이 진정한 기적이고 축복이란다

* 손녀가 태어난 날(2022년 4월 19일)

하루

한밤을 지나
잠에서 깨어나면
걱정이 먼저 다가온다

해야 할 일이 있음에
감사해야 하는
아침을 잊은 일상
부끄러움이 산처럼 밀려온다

이 하루가
얼마나 귀한 선물인가
그 깨달음의 자리까지
묵언의 명상 속으로
나를 데려다 놓아야 할 때이다

마디마디 엮어
키를 키우는 나무들도
그 속사정을 들여다보는 여유를
나이테로 엮는데

알아차릴 여유를 잃어버린
영혼 없는 기적
누리고 있는 은혜를
감사하지 못했음을 고백하자

오늘이 내려와
하루를 살게 하는 귀한 선물

노년의 여행

바람처럼 살고파서
구름처럼 살고파서
길 떠난다고 했던가

세월이 스쳐 간 자리에
남아 있는 게
무거운 발자국뿐이다

바람은 언제나
변함없이
어디서 오는지
어디로 가는지 말이 없고

구름은 바람이 가자는 대로
여전히 흘러간다

길동무하자고 나서 보지만
머리에 내려앉은 서릿발이 얼어붙어
하루를 헤매기도 버겁다

그저
산 좋고 물 맑은 자리에 앉아
부드러운 가을 햇살과
넋두리나 해야 할까 보다

감사의 기도

계절을 만들어가는
햇살처럼
내 안에 따뜻하게
때로는 뜨겁게
감사의 빛이 넘치게 하소서!

게으름에서 깨어나
짜증스러운 뒤틀림을 밀어내고
슬픔이 내려앉는 자리에
감사의 햇살로
미소를 심게 하소서!

어둠에 갇혀 있는
외로운 영혼도
감사의 햇살로 데리고 나와
은혜의 강 위에 노를 젓게 하소서!

꿈길

분홍색 하얀색 꽃길에
저만큼
초록우산이 앞서가고
등 뒤에서
무거운 걸음 덜어주는
바람이 곱다
따뜻한 햇살 따라
행복이 걸어온다
그리운 사람이 웃고 있다
보고 싶은 사람도 거기에 있다
긴 한숨은
새들이 되어 날아가고
꿈틀대던 서러움이
비누 풍선처럼
동그라미 속 무지개로 사라져 간다
삶의 마디마다
묶인 매듭들
바람꽃으로 피어
안개 속으로 사라진다

아버지의 기도

더 이상 태울 수 없어
슬픈 빛으로 떠나가는
노을의 뒷모습이
사랑으로 가득 채워도
더 채울 수 없어 애처로운
아버지의 기도

영원한 빛으로 남아
아름다운 영상으로 떠오른다

나 닮은 새로운 생명이
세상에 있다는 벅찬 인연
세상의 그 무엇으로도
담아낼 수 없음을
아빠는
아버지가 되어가는 길 위에
발걸음마다 소망을 심어간다

그림자처럼 함께 머물러도
늘 부족한 마음
땀 흘려 가꾸는 보금자리에
사랑하는 아이들이
도담도담 살아가기를
흐르는 땀방울마다
생명의 꽃을 가꾸어 본다

제목 : 아버지의 기도
시낭송 : 박영애
스마트폰으로 QR 코드를 스캔하면
시낭송을 감상할 수 있습니다

103

물 향기 수목원에서

물의 향기가 보일 듯하다
오랜 친구를 만나
추억의 향기를 초대해 놓고
이 걸음마다
또 다른 향기가 묻어나겠지
살아온 만큼도
알 수 없는 게 인생인 것을
모두 아는 것처럼
떠들어대는 말 말
눈가에 주름이
서로에게 위로가 되어가는 길 위에
묵은 세월을 만나도
또다시
오늘처럼 이 자리에 서면
물의 향기처럼
보이지 않는 그리움이
거기에 서 있겠지

게으름

점점 커지는 그림자
해가 지고 있다

점점 뉘어져 가는 그림자
밤이 가까이 오고 있다

점점 커져 가는 게으름
삶이 지고 있다

점점 뉘어져 가는 게으름
죽음이 가까이 오고 있다

의미

삶이 흐르는 강물에
의미의 줄기를 만들어 놓고

가는 길 물어 놓고
떠나온 길에 머물러
서성이는 어리석음

강물이 시작은 어디며
흘러온 줄기는 어디였나

굽이굽이 흘러오던 길목에
스쳐온 인연은
또 얼마였나

서투른 삶의 조각들이
또 다른 줄기로 흘러가고

그토록 치열한 몸부림은
바다의 무한대에 잠식하고 마는
그저
하나의 물방울이었음을
기억할 수 있으려나

물길

낮은 데로 낮은 데로
길을 열어간다

세월을 끌어안고
흘러가는 그 길목에
때때로 막아서는 소용돌이가 아프지만
스스로 길을 만들며
낮은 데로 낮은 데로 흘러간다

부디
넓은 바다에 이르고 싶지만
어디선가 그 힘이 다할 때면
어느 흙의 숨결로 안기어 생명의 깊이를 낳는
또 다른 길을 열어 가겠지

시간 속에 서 있는 나

어제도 아니고
오늘도 아닌
시간의 흐름 속에
우두커니 서 있는 나

휙휙 스쳐 가는 수많은 사정들이
나를 바라보는 모퉁이에 걸려 있다

때때로 무풍지대인
바람아래 숨어 들어간다 해도
헤어날 수 없는 반사의 조각들

무심하게 놓아버리거나
부드럽게 감싸 안을 수 있는
내가 만들어진다면
행복하다
말해도 될 것 같다

죽음

가장 귀한 단어
가장 확실한 미래
가장 정직한 현실

계절이 바뀌듯
바뀌어 가는 자리

또 다른 생명이 채워지고
반복되는 자연의 이치

거부하지 말자
거부하려 하지 말자

어떤 모습으로 떠나가야 하는지
고민하지 말자

가을 편지

높은 하늘에
고운 잎 하나 띄워
편지를 쓰자

오래도록 보고픈 이에게
오래도록 볼 수 없는 이에게
보고 싶다 편지를 쓰자

가슴에 가득 채워둔 그리움이
낙엽 되어 뚝뚝 떨어지는 소리
내 안에 멈췄던 계절이
비가 되어 내린다

넓은 들녘에 피어나는
코스모스 미소에
눈물 자국 지워 놓고

가을 그림자 위에
편지를 쓰자

폭우

8월이 하늘은
많이 아픈가 보다
심한 열병을 치르다
쏟아내는 통곡의 눈물
울어도 울어도
아직도 남아 있는 눈물
하늘도
땅도 함께 우는 계절

어둠이 내리면

보이는 세상 속에
보이지 않는 세상이 있음을
수평선 끝자락에
어둠이 내리면

비처럼 바람처럼
사라져 가는 세상 속에
또 다른 세상이 떠오른다

현란한 불빛
요란한 세상
고단한 이들이 쉼터가 아닌
또 다른 고단함이 싹이 트고 있다

태초에 만들어진
자연 속으로 살아갈 용기 있는 이들은
이 어둠 속에서
고요를 찾아 길을 떠나겠지

불안

가끔 찾아오는 이 감정은
날 슬프게 한다

원인을 찾아
길을 나서 봐도
분명한 이유를 찾지 못한 채
그냥 눈물방울 마주한다

어디서부터인지
시작점을 찾지 못한 채
어둠의 그림자에 굴복하고 만다

장마

뜨겁던 햇살 거두고
하늘엔 구름 장막 드리웠는데
구멍 난 틈새가 너무 커
끝없이 쏟아지는 빗물
기다리던 비일 진데
어느새
짜증으로 날을 세운 변덕스러운 마음
원망을 키우는 어리석은 마음
긴 장마 속에서
질척거리는 걸음이 아니길 빌어 본다

향기의 빛깔

어두워진 시골길
어디선가 다가오는
달콤한 향기를 찾아 나선다

향기를 볼 수 있으면 좋겠다
향기의 빛깔은
얼마나 아름다울까
달콤함과 아련한 무지갯빛일까?

어쩌면
아주 담담한 무채색일지도 몰라

보이는 것
만질 수 있는 것
그보다 더 큰 건
보이지 않는 세계일 거다

향기의 빛깔을
코끝에서 가슴으로.
채색해 보자

담담한 무채색으로
비워내는 여백을 만들어 보자

그곳에
진정한 아름다운 향기가
머물지도 몰라

곰취 이야기

만난 지 몇 년 안 된 곰취
쌈 채소인가 했더니
어느 날
장아찌로 변신
마음을 어루만지더니

어느 봄날
동글동글 조그만 얼굴들이
오래된 소나무 그늘 아래서
한바탕 잔치를 한다

더운 여름날엔 함박웃음으로
우산이 되어
또르르 빗물을 미끄럼 태워 주고

서늘한 바람 마주하는 동산에
노랑 노랑 꽃다발을 들고
축제를 벌인다

아 겨울이 오면
곰취의 이야기는 잠을 자려나
그래도
지금은
축제의 마당에서
나는
너의 이야기를 오래오래
가슴에 안고 싶다

호박꽃 만두

호박꽃 만두를 만들자
호박꽃을 땄다
시들어 버렸다
다음날 또 땄다
또 시들어 버렸다
그다음 날도 그다음 날도
결국
집으로 돌아와
시들어 냄새나는 꽃
장례 치르느라 혼났다

사랑의 향기

친구야
너의 말에선
사랑이 꽃들이 피어나고
너의 미소엔
고운 향기가 난다
마주하는 가슴엔
어느새
고요한 평안이 기지개를 켜고 있다
사랑하는 고운 친구야
주님이 길러 주신
어린 새싹 같은 너의 세상은
넓은 하늘 되어
온누리를 덮고
은혜의 강으로 흘러
생명을 길러 내겠지

오월이 저문다

향기가 다가와
인사를 나누던 오월의 아침

긴 잠에서 깨어난 꽃잎들 사이
연초록의 속삭임도 잠시 뒤로하고

아카시아 정원에
꽃비가 내리더니
장미의 향기에 취해도 보고

목마른 오월은
비에 젖을 날 기다리며
마른 잎 떨구는 세계로
숨죽여 저물어 간다

새벽

아무도
아직 살아보지 않은
그 시간으로 가고 싶다
어두운 밤 지나
하루가 열리는 곳
그곳으로 가고 싶다
내가 살아보지 않은
깨끗한 어둠이 함께하는 곳
바람이 신선한 곳
맑은 이슬에
촉촉이 젖은 잎새와 입맞춤하고
잠에서 깨어난 새들과
눈 맞추며
고요한 그 길을 걷고 싶다
이제 막 눈을 뜬 풀 내음
흙의 기지개에
내 가슴이 열린다
새벽
그 침묵의 문으로
하루의 첫걸음을 옮겨 보자

지친 하루

무엇을 했는지
그저 바쁘게 움직이는 하루
계속되는 일상이
지치게 느껴질 즈음
서러움이 옆자리에 서 있다
세월에 넘어지고
세월에 무너져 가는 무기력함이
서러움일지도 몰라
편안한 하루를 마련하고 싶다
눈을 들어 하늘을 보고
심호흡 크게 하고
산을 보고
시간도
몸의 무게도 내려놓는
하루
그날을 마주하고 싶다
지친 하루의 끝에 서서
나를 본다

어머니의 노래

눈을 감으면
바람결에 들릴 듯한
어머니의 노래
꿈이어도 좋습니다
그 따뜻한 노래
들을 수만 있다면
온종일 꿈을 꿔도 좋습니다
당신의 작은 몸짓으로 살아낸 세월 속에
고운 햇살로
싱그러운 바람으로 남겨진
오늘이 있습니다
이제는
따뜻한 등
내어 드릴 수 있습니다
이제는
고요한 마음으로
어머니의 작은 어깨
감싸드릴 수 있습니다
치마폭에 꼭꼭 묻어둔
어머니의 아픔까지도
이제는
헤아릴 수 있습니다
바람결에라도
다녀가소서!
빗줄기에라도
다녀가소서!

위로

얼굴만 보아도
안심이 되는 사람이 있다
목소리만 들어도
위로가 되는 사람이 있다
아무 말 하지 않아도
긴 한숨 다 풀어놓은 듯
편안한 사람이 있다
가도 가도
그 길인 세상에
봄바람 데리고 오는
따뜻한 사람
그런 사람이 그립다

시인

가슴속에
그리움을 길러 내는 사람

흘러내리는 눈물
빗물이 되어도
한 줌 바람에
너를 향한 위로를 길러 내는 사람

가슴에 내린 빗물
글밭에 심어
삶의 향기 끌어안고

바람이 다녀간 길 걸으며
너에게
바람의 노래를 전하는 사람

이탈

살던 데로
하던 데로
누가 만들어 놓은 틀
누군가의 원칙
오른발이 먼저인지
왼발이 먼저였는지
세상에 첫발을 내딛던
그때를 기억할 수도 없는데
살다 보니 여기에 있고
걷다 보니 오른발 왼발
옮겨가고 있고
어쩌다 만들어진 규칙
어쩌다 만들어진 일상에서
때때로
이탈을 꿈꾼다
살아온 방식도
살아온 규칙도 접고
알 수 없는 세계로
새로운 생각의 집 속에
나를 데려다 놓아 보자
알을 깨고
새로운 무엇이 태어날지도 모르니

동백

겨울을 이겨내고
빨갛게 달아오른 얼굴로
봄이 오기 전에 봄을 피웠네
어린 시절 하늘 높이 자란
동백나무
동네 골목길을
빨갛게 수놓던 추억 속에
노란 수술이 가슴을
두근거리게 했지
꽃이 지면
반들거리는 열매
동네 아낙네의 고운 머릿결을
다듬어줬지
하지만
우리 집 동백은
장미보다 곱게 피어
작은 달리아 송이처럼
화려한 꽃잎
붉게 타는 정렬로
창가에 봄을 가득 초대할 뿐
내 머리카락 만져줄
열매는 맺질 않는다
화려한 꽃잎 바라보며
옛 추억이
꽃잎 속에서 수줍게 웃는
노란 이야기들이 그립다
곱게 빗어 내린
울 어머니 머릿결이 그립다

할머니

세월의 골목길에서
나도
할머니가 되었네
사랑이란 단어 앞에
머리 조아리게 하는 할머니
난 그 할머니의 따뜻한 기억이 없다
우리 손녀에게
어떤 할머니가 되어야 할지
아직
가슴은 벅차고
설렘만 가득하다
아들 닮은 손녀의 모습이 신기해진다

온전한 사랑

세상에 태어나
만남이 시작되고
사랑이라 하는 관계를 키우고

사랑이란
조금씩 모양이 다르고
조금씩 깊이가 다른
서로를 바라봐 주길 원하는
욕심일지도 모른다

진정한 사랑이란
너를 바라보는 것
너의 편에 서서
너를 놓아주는 것

직박구리와 목련

긴 겨울
몸살을 앓으며
봄을 열어주는 목련
영하의 추운 날들을 마주하며
하얀 잎 꽁꽁 싸매 안은 때부터
우리 집 창가엔
해마다
목련과 직박구리의 싸움이 시작된다
아직 피어나지도 못한
봉우리를 콕콕 찍어대는
직박구리는
목련 꽃잎이 정말 맛있는 걸까
배가 고파 그런 걸까?
궁금증에 미움이 더해진다
배고픈 직박구리가
안쓰럽기도 하지만
피어보지도 못하고
먹이가 되어 버린
목련의 상처가 아프다
그렇게 허물어지는
우리의 일상도
아픈 추억의 틀에 끼어
상처투성이 꽃잎으로 지고 있다

그리움은 그리움으로

떠나버린 이름을
가슴에 새겨 보아도
다시는 바라볼 수 없는 사람
그리운 사람아

숨 가쁘게 달려가던 뒷모습
희망을 품고
하늘을 끌어안았던 사람아

그리움만 남겨 놓고
어디로 가는가?
불러도
뒤돌아보지 않고
한마디 인사도 없이
떠나버린 사람아

얼마나 아팠으면
얼마나 힘이 들었으면
쉴 곳이 필요해 떠나갔나?
내가 사랑했던
고운 사람아

손가락 사이로
가늘게 스쳐 가는 바람
그대의 흔적인 듯
그리움은
그리움으로 사랑하라 하네
그리움으로 사랑하며 살라 하네

4월의 아침

잠에서 깨어 마주하는
창밖의 풍경
밤새 함박눈이 내린 듯
눈이 부시다

4월의 아침은
목련과 함께 시작되는
나의 창
4월은 늘 그렇게
아침을 열어주고

하얀 목련에 취해
봄은 시작되고

무성한 잎이
여름을 맞을 때까지
수고한 일도 없이
맞이하는
하얀 4월의 아침

감탄과 감사와 따뜻함이
봄이 한가운데를
지나가고 있다

사랑과 집착 사이

가슴이 두근두근
설렘의 시작을
우린 사랑이라 한다

온통 사로잡혀 있는
거미줄 같은 미로가
시선을 저울질하고

무엇을 해도
무엇을 먹어도
온전히 노예가 되어 버린 마음은
살필 틈이 없다

어느 날
아주 조용한 어둠의 유혹을 만나
헤어나지 못해도
사랑과 집착 사이
눈금을 찾을 수가 없다.

거리두기

그대와 나의 거리두기
코로나의 홍수에 떠밀려
어디까지 왔나
우리가
살아가는데 얼마나 소중한 일인지
너무 멀리도
너무 가까이도 아닌
딱 필요한 거리
그걸 깨닫는 날이
오기나 할까?

선택

수없이 많은 날을 보내고
수없이 많은 사연을 남기고
시간과 시간이 쌓이는 틈바구니에
설명할 수도, 이해할 수도 없는
내가 서 있다

돌아갈 수 없는 길을 바라보면
블랙홀 같은 깊은 수렁에서
누더기가 된 나를 만난다

언제나
어리석음으로
부질없는 욕심으로
헛된 욕망으로
잘못된 선택은
죽음의 계곡을 넘어서서
새로운 삶을 낳아야 한다

봄은 바람과 함께 온다

바람이 차갑다
겨울을 보내는 바람
옷깃을 여며도 소용없다
얼음 같은 냉기가 가득하다
봄을 기다리는 이들에게
세상의 냉기도 그렇다
그래도
어김없이 봄은 오고야 말겠지
그 쌀쌀한 바람에 업혀서
바람이 불어오는 곳
그 어디쯤에선가
봄은 시작되고
업혀 오던 봄의 온도에
녹아내린 바람
바람과 함께 봄은 온다.

해 질 녘

바람도 저녁 드시러 간다던
어머니의 이야기가
해 질 녘 그림자처럼
그리움으로 다가선다
이미 흐르는 눈물은
떠나보내는 하루가
아쉬운 탓일까
문득문득 차오르는
그리움 때문일까
해 질 녘에 놓인 긴 그림자 같은
나의 삶이 서러운 탓일까
무엇이면 어떠랴
아직
나의 눈물샘이 열려 있고
아직
나의 가슴도 열려 있어
해 질 녘 노을을 마주하며
그리움을 깨우고 있으니
고마운 일이다

내 남자

나에게 내 남자는
어떤 사람일까
술 한잔하고
부부는
옆에서 함께 자야 한다며
먼저 코를 고는 사람
새벽까지 잠들지 못하고
겨우 잠이 들었는데
일찍부터 부산스럽게
자기 할 일 하는 사람
나름 정성껏 밥 지어 놨는데
국수 삶아 달라는 사람
한밤중에 들어와
술안주 할 것
'뭐 없어'하고 묻는 사람
가족 외식하자고
먹고 싶은 것 물어 놓고
자기가 먹고 싶은 메뉴로 정하는 남자
그런 남자가 바로
내 남자
그래도
정말 부지런히 일하고
돈도 벌어오는 남자
그리고
때도 없이 사랑한다고
말이 헤픈 어이없는 남자
그 남자가
바로 내 남자

쉼표

오선지에 그려 놓은
수많은 쉼표
그 의미를 깨닫는 아련함
그건
개울물에서
흘러가는 세월을
길어 올려야 하는 거다

온도

편안한 온도가 행복이다

몸으로 느껴지는
계절의 온도는
온 세상을
변화시켜 나가고

마음으로 다가오는 사랑의 온도는
나의 삶을 저울질한다.

잠에서 깨어나 신선하게 마주하는
아침의 온도는
하루를 상쾌하게 만든다.

안부

나이 들어 전해오는 소식
아픈 몸 설명서이다

내 몸 사용 설명서를
받지 못했다

고장이 났다
서비스 요청을 해야 한다

무료 서비스 기간이 없다

어디에 이 소식을 전해야 하나

겨울은

겨울은
바라봐야 할 시선도 접고
쓸쓸함만
찬바람에 실어다 놓고 가네

내 사정이야
알아야 할 까닭이 없겠지만
마음의 온도를
가늠하기도 힘들겠지만

어쩌면
겨울은
함께 끌어안을
사랑의 온도를 찾아
길을 나설지도 몰라

나에게 쓰는 편지

기억 먼 곳에서 찾아온 너
아주 여리고 작은 아이였지
칭찬받기 좋아하던 넌
네게 있는 것 모두 나눠 주고
착하단 말 한마디에 신이 나 춤을 추고
무엇이든 잘하고 싶어 애를 썼지
그런 너를 난 무척 사랑했단다
오고 싶다고 올 수도 없고
가고 싶다고 갈 수도 없는
그것이 인생이고 삶인 것을
너는 왜 그리 힘겨워하며
애달파 하며 살아온 거니
젊은 날엔 영혼을 저당 잡힌 사랑에 애달프다
이루고 싶은 꿈보다
엉클어진 삶의 현실에 애달프고
세월의 산허리에 서 있는 넌

이제
무슨 회한이 그리 많아
비우려 애쓰는 너의 모습이
너무 안쓰럽다
이제
그만 놓아주렴
붙잡고 있는 모든 것들을
그냥 있는 그대로 보아주렴
인제 그만 너의 모습에 감탄하며
인제 그만 너의 행실을 용서하며
인제 그만 너의 인생을 축복해다오

제목 : 나에게 쓰는 편지
시낭송 : 박영애
스마트폰으로 QR 코드를 스캔하면
시낭송을 감상할 수 있습니다

나에게 쓰는 편지

문방순 시집

2023년 1월 9일 초판 1쇄
2023년 1월 11일 발행
지 은 이 : 문방순
펴 낸 이 : 김락호
디자인 편집 : 이은희
기 획 : 시사랑음악사랑
연 락 처 : 1899-1341
홈페이지 주소 : www.poemmusic.net
E-Mail : poemarts@hanmail.net

정가 : 12,000원
ISBN : 979-11-6284-421-2